苏电文丛 第一辑

苏电文丛

天空下

刘畅 著

天津出版传媒集团

百花文艺出版社

图书在版编目（ＣＩＰ）数据

天空下 / 刘畅著 . -- 天津 : 百花文艺出版社，
2024.1
（苏电文丛）
ISBN 978-7-5306-8708-6

Ⅰ . ①天… Ⅱ . ①刘… Ⅲ . ①诗集－中国－当代
Ⅳ . ① I227

中国国家版本馆 CIP 数据核字 (2023) 第 230863 号

天空下
TIANKONG XIA
刘 畅 著

出 版 人:薛印胜
责任编辑:张　雪
装帧设计:鸿儒文轩·书心瞬意
出版发行:百花文艺出版社
地址:天津市和平区西康路 35 号　　**邮编**:300051
电话传真:+86-22-23332651（发行部）
　　　　　　+86-22-23332656（总编室）
　　　　　　+86-22-23332478（邮购部）
网址:http://www.baihuawenyi.com
印刷:三河市华东印刷有限公司
开本:880 毫米×1230 毫米　1/32
字数:188 千字
印张:8.75
版次:2024 年 1 月第 1 版
印次:2024 年 1 月第 1 次印刷
定价:58.00 元

如有印装质量问题，请与三河市华东印刷有限公司联系调换
地址: 三河市燕郊冶金路口南马起乏村西
电话: 19931677990　邮编: 065201

总　序

开拓文学之境，勇攀创作高峰

江苏省电力作家协会一次推出十位电力作家的十部文学作品，以文学丛书的宏大气势集中发力，进入社会和读者视野，可喜可贺！

这是江苏省电力系统学习贯彻习近平总书记关于文艺工作重要论述和党的二十大报告对文化建设新部署新要求所取得的成果。我们的作家深刻把握新时代文艺工作的定位和使命，增强文化自觉，坚定文化自信，站在为国家立心、为民族立魂、为时代立传的高度，以强烈的历史担当和瑰丽的文学画卷，充分展现新时代的精神图景。从这十位作家的十部不同题材、体裁的作品来看，他们都善于从平凡中发现伟大、从质朴中寻觅崇高、从自己融入人民群众的实践中发现真善美，用情用力地注重作品质量，形象生动地表现时代之美、劳动之美、自然之美、生活之美、心灵之美。品读他们的作品，能够触及作者的心声，感悟作者的心动，体悟作者为职工抒写、为人民抒怀、为事业抒情的生动笔触中的文字之美、语言之美、文学之美。在敬佩之余也深受激励。

这是实施"中国新时代电力文学攀登计划"、奋力推进新时代电力文学高质量发展在江苏电力落地的可喜成果。"中国新时代电力文学攀登计划"旨在不断推出优秀作家的优秀作品。江苏省电力作家协会集中推出十位作家的十部作品，体现了电力团体组织的工作成效，彰显了电力团体作家队伍中个体创作的丰硕成果，彰显了电力团体攀登进取精神。丛书题材、体裁多样，呈现出文学文本的丰富多彩性。小说故事情节跌宕起伏、引人入胜，人物栩栩如生；散文情感细腻、文笔清新，形散而神不散；诗作文采飞扬，飘逸灵动。十部佳作感情真挚，表达精练，文以载道，文以言情，文以言志。就像将各种水果收入果篮那样，一并奉献给读者，使人悦目娱心，精神振奋。值得称道的是，国网江苏省电力公司为江苏省电力作家协会营造了一种积极向上、团结和睦、共同进取的氛围，这种氛围，促进了电力文学的繁荣发展，促进了作家们相互学习、相互交流、相互激励、相互提高。

这套文学丛书的"闪亮登场"，给中国电力作家协会团体会员单位提供了可以效仿的榜样。阅览这十部出自江苏省电力作家之手的作品，不禁被江苏省电力作家协会的"倾情"、十位电力作家的"倾心"所感动：江苏省电力作家协会集中发力，倾情投入，邀请文学界知名作家、评论家、编辑家集中审读研讨、修改打磨书稿，最终推出一套优秀的文学作品，难能可贵。身在江苏省的电力作家肩负重任，一肩挑"本职工作"，一肩担"文学创作"之任务，深扎电力沃土，工作之余伏案笔耕，把自己生活中的积淀、对生活的热爱、生活中的感悟，化为文字，实属不易。组织的关怀、作家的付出都是值得的。

这套丛书为我们电力团体组织带来很大的启示：我们的文学创作者要准确把握时代命题与电力文学的关系，深入电力一线，把自己的思想、情感，同生活、同人民融为一体，做到"身入""心入""情入"，以独特的眼光洞察世事人生，以真挚情感投入作品创作，记录时代巨变、讴歌电力系统取得的成就和职工精神风貌，不断推出反映时代精神的电力题材精品力作，开拓电力文学新境界，攀登电力文学新高峰。这也是新时代对广大电力文学创作者的要求！

一次集中向社会、读者推出十位作家的十部作品，是中国电力作家队伍发展壮大的体现、取得的优秀成果的展示。这也是对中国电力文学、对中国文学的崇高致敬！

潘　飞

中国电力作家协会驻会副主席，《脊梁》执行主编

2023 年 8 月 31 日

代序　一

生命的褶皱和藏于其中的密码

诗歌，是作家自身和她的表达最为接近的艺术形式。它自带的动人力量，具有真诚而清冽的"给人胸口重重一击"的感觉，也因而最能让人回味，那就是在言说"我和我的内心"的共鸣感。在诗歌中我们可以看到作家的真实面孔和她的内心，而小说，需要遮遮掩掩，以故事的方式埋伏着说出来，散文则是通过客观的、具体的描述"反射"情感情绪……

刘畅的笑温暖和润，语速不疾不徐，见到她，会觉得一切都安安然。她已经寻找到自己的言说空间。回溯旧时光，她会"想到——煤气灶头火苗的蓝；缝衣女子的下午；上小学时深蓝碳素墨水/滴在盛满清水的脸盆中。"(《刚买的棉衣品牌"慢慢变蓝"》)在《父母的照片》中，她站在花园里父母站过的地方/努力地站直，成为他们的模样。这些静默的瞬间，何尝不是成长中，我们和父母，和过去的自己，相互倾听与对话的时刻？阅读刘畅的诗歌如同照见她的生命历程，看到"真正的她"。

透过刘畅的诗歌，能够明晰地察觉她在诗歌中的言说性，感觉到一个可触碰的具体的人的存在。她在我们的对面，向我们言说，她在有意说给我们和她自己的耳朵。在这里，"午后，坐在阳台上母亲休息的椅子上／什么也不做，什么也不想／日光斜照，火车开走／母亲的手，搓揉，把我的心搓揉干净／有了纯棉的质感"。（《五月，纯棉的母亲》）她说自己的生活和在意，说自己的疼痛，说感觉感受着的点点滴滴，"我有一座房子／但没有家／我画下肖像／但无法再看见你／我有亲人／我来到这世界／没了解过自己"。（《弥合》）她说自己对生活、生命、存在的种种认知，"一些缓慢的波纹／一粒石子尝试跳过／铁丢在水里，吱吱作响／四分之三头颅露出水面／身体不因风折叠"。（《镜湖》）……她娓娓道来，说得有趣味，有真情。

刘畅的诗歌多数为短诗，她经营的是言外之意，隽永、耐人寻味、感人肺腑。短诗易写，但写好极难，因为有太多的话"来不及"展开，它需要一个强烈的爆发力的点，或者一个能够不断拓展的涡流。否则，短诗很容易就变成白开水一样的文学，少有滋味。而刘畅的短诗尤其在意的，就是这其中的滋味。刘畅的诗中偶尔有层层褶皱，她不允许清澈见底，而是愿意在平静的水面之下建立一个有多重性和波澜感的"可怕深度"。"年近不惑快要撕完了一张纸的／二分之一／剩下的二分之一／如果活到八十岁／就算事先赊来的／在剩下的半张纸上／撕掉二分之一的睡眠／三分

之一的饮食 / 剩下的给公司、父母、爱人、孩子……/ 继续……/ 至于我，只剩下指甲片大的 / 一小块 我无法撕掉自己 / 我的手指颤抖着"。(《撕纸游戏》)

她的诗有层层褶皱，一是因为她的诗往往有小说般的"叙事环扣"，一层层由浅至深地延展着，直到回到一个有力量的微点。"回头看时，书桌打扫干净 / 门被再次打开后，我变成冒犯者 / 那洁白的床是我躺过的 / 已和我无关 / 问自己是否不舍 / 还是说服自己离开 / 开车送我到火车站的人话语不多。"(《退房》)

另外，是她会用否定式的、拒绝式的方式完成对人和人生的勾勒。"怕贼怕鬼，怕停电，怕不期而遇。怕开错门的人开不开使劲拧。怕日霜、晚霜、隔离霜里太多的寒气。怕风怕光怕假杜鹃花里的花红素。怕胃痛头痛腰痛写实主义的镜子突然变得抽象。葡萄酒顽皮梳妆台木讷笔记本在床上，跟人聊天怕词不达意又怕说了对方没在意。抹在脸上的都粗制滥造。外出怕天气预报不灵，中午怕晒 / 买紧身衣像买减肥美学买娇艳内衣像买关怀，怕流行怕穿错怕认错人怕被人选错。怕煤气泄漏偏偏城北的加油站炸了。怕天灾断粮地沟油怕粗壮的黄瓜怕变成美女木乃伊。想喝茶怕伤胃怕用了笔名忘了本名。想喝醉怕心绞痛怕身份证丢失被人捡了去。电话响了有人要聊聊诗怕被遗忘怕接下来的暧昧。想某人想着某人是否也在想我想想着没了力气。……"(《宅女》)

刘畅亦会在诗中以并列的方式"叠加"，用这样的叠加产生层次感，探寻生命的真相。"当我来到客厅客厅已废弃 / 当我走进房间卧床垂下布帘 / 当我镜头对准她 / 她关起心门 / 当我走进她阴暗的小屋 / 她指着照片对我讲述 / 当一缕光线涌进窗纱 / 时针指向告

别的时候 / 当我心怀悲伤 / 她转过身来对我露出笑容"。(《左所大街》)如卡尔维诺所说的那样，诗要写得像鸟一样轻，但不要像鸟的羽毛一样轻。刘畅在诗歌中，完成了她的飞翔。

张　菁

著名评论家，《青年文学》杂志主编

2023 年 10 月 16 日

代序　二

读懂她

我只想单纯地写写这个人。

她一直保持着那份特有的感性。为什么说她感性，因为她对语句能做到精确地捕捉，在与人交流的时候，她总能表现出欣喜的样子。在我小的时候，每天晚上她总要和我聊会儿天，我对着一片黑暗高谈阔论，毫无顾忌地说着。那时候，她总要猛地坐起，打开台灯，记录那么一两句打动她的话。后来，她打印出好几张A4纸，上面都是我的语句，也都是说过却忘了的。

她是一个很情绪化的人，说好听一点就是勇于表达自己的情感。在她的身体里不仅有幼稚的女孩，还有小女人般的那种小心思。这种感性，无所谓好，无所谓坏，只是铸就她性格的一方面罢了。也正是这种新鲜的不同感，让我对她有了更真实的认识。

她还说过一句，母亲表现得弱势一点，会给孩子更多的发挥空间，不论是不是她的推辞，说得还是有点道理，至少我在吵架时不会输，而对于其他的事情，我虽表面不说，却是相当赞赏她的，甚至在外人面前说这样的母亲最为特别。

每当我写出好句子，画出有意思的画，搭配出别致的衣装时，她总是发出惊讶的声音夸赞。在我小的时候，她总是拖着我去各种画展、朗诵会，我熬得不耐烦一屁股坐下不肯走动时，她也不恼，下次照样捎着我。等我长大了，也开始学习绘画，才知那些对我都是有用的。我也写诗，她总是很欣赏我，还创造机会让别人欣赏。

她喜欢画自己，躺着的自己，站着的自己，照镜子的自己。她会在木头上认真刻出自己的模样，会在宣纸上染上十几遍颜料铺出鲜丽的色彩。她喜欢和我一起在客厅画画，我画素描的海盗，她画黑白的、彩色的自己，还有一只小猫躺在地毯上摇尾巴。

有一年她举办诗歌朗诵会，她穿白色的裙子，脸上带着柔和的笑容，我看着她忙碌、读诗，心中不由地说，她在外面真的挺美的。

她善于倾听，任性，既是小女孩，又有想象不到的坚韧。至于她的诗，有的我能读懂，有的读不懂，但也没关系，这是需要时间的……

崔馨予

目录

我用废弃的朽木拼接出一座新桥

手抚桥栏，沿着骨头里的青草味
走进对岸的桃花林
春天让人迷途知返——我这样的
美的偏执者迷狂者，总被怜悯、恩赐
一个比我愚蠢的人，把空虚
化作耐心和技艺

舞蹈团

没有人的院子里
模仿壁画里的舞者
她以为，她也可以跳舞

将注意力专注于表演
忘记虚无的美妙
手中挥舞虚拟的长绸
脚底火焰轮的速度
不是一开始就能预计到的

当侧弯着的舞姿被描绘
壁画里的人无法转过身来
进行自我纠正
除非，她离开舞蹈团
回到观众席看对面的自己

发辫上的珍珠点缀着高光

告诉她这也是值得纪念的时刻

弥 合

我有一座房子

但没有家

我画下肖像

但无法再看见你

我有亲人

我来到这世界

没了解过自己

夜行列车

天黑下来，车厢里的灯照在窗玻璃上
从车窗外可以看见车厢里的人
车厢里的人看不见窗外的内容

列车停靠。播音器报出站名，立交桥下
一辆中巴车开过，我想就此停下
走进灯光中温暖的街道

夜色中，另一趟列车缓缓开动
并行一段后消失
我对自己微笑，我和自己挥别

夜色中，有没有人扭头看向我的方向
当看到另一辆亮着灯的夜行列车并肩而行
是否像我一样也有喜悦的心情

剑 山

平时不练习，何以登高

沿石阶上行的人气喘

她的披肩发有好女子的滋润

山顶处，寺院露出一角鹅黄

大殿里祈愿的人举檀香过头顶

在客殿小坐，饮茶

落发后智慧就增长？

建筑工坐在栏杆上看手机

像落在枝头的鸟

冬天的早晨，白雪覆盖寺院的屋顶

雪地还没来得及留下脚印

——这是添加妙音的微信后在他的朋友圈

　看见的

对面的狼山像水墨画

面对美，不仅有距离，还有可以到达的路

起身离开时，妙音说等等

他折回文殊殿，拿来两个供果
"不要走回头路。如山门关起
还要再绕一圈，且不费事。"
走到山下，有香客询问如何进入山中
回头时落英缤纷

展　厅

年轻如同刚开始的句子

增加动词、形容词，画下苹果、橘子

中年运用减法，树叶越落越少

词语精练，她写得越来越好

直至最后，剩下骨头

一只爪子将血肉剔除

不腐不化在博物馆里

举办巡回展

患　者

将词语分成小药丸
早晨吞一把
晚上吞一把
药丸进入胃和四肢
成为终身密友

自画像

她的笑声里有小城镇的声音
她天生是应和的
附着你甜腻不清的需用刀刃
刮下的麦芽糖粘着你
她天生在床上的
有时起身为你准备食物
熨烫衣衫
她需要抚摸才能驯服于你
她用写诗抵抗疾病、衰老和
心中不熄的闪电

米　竹

米竹小，叶片零碎，难养活
灯光下，它毛茸茸的影子和
壁纸上的竹子图案相连
你依然能分辨出，那一簇影子
区别于其他
风经过时，影子就晃动起来
没有风时，也有被风吹过的样子

刘畅黑白画

撕纸游戏

年近不惑快要撕完了一张纸的

二分之一

剩下的二分之一

如果活到八十岁

就算事先赊来的

在剩下的半张纸上

撕掉二分之一的睡眠

三分之一的饮食

剩下的给公司、父母、爱人

孩子……

继续……

至于我，只剩下指甲片大的

一小块

我无法撕掉自己

我的手指颤抖着

而视若生命的诗句

小得像一粒微尘

宅 女

怕贼怕鬼，怕停电，怕不期而遇。

怕开错门的人开不开使劲拧。

怕日霜、晚霜、隔离霜里太多的寒气。

怕风怕光怕假杜鹃花里的花红素。

怕胃痛头痛腰痛写实主义的镜子突然变得抽象。

葡萄酒顽皮梳妆台木讷笔记本在床上，

跟人聊天怕词不达意又怕说了对方没在意。

抹在脸上的都粗制滥造。外出怕天气预报不灵，中午怕晒

买紧身衣像买减肥美学买娇艳内衣像买关怀，

怕流行怕穿错怕认错人怕被人选错。

怕煤气泄漏偏偏城北的加油站炸了。

怕天灾断粮地沟油怕粗壮的黄瓜怕变成美女木乃伊。

想喝茶怕伤胃怕用了笔名忘了本名。

想喝醉怕心绞痛怕身份证丢失被人捡了去。

电话响了有人要聊聊诗怕被遗忘怕接下来的暧昧。

想某人想着某人是否也在想我想着想着没了力气。

酒柜里的杯子形状各异习惯用的只有一个怕没洗干净。

鞋柜里的船形鞋摒弃了装饰注解明天的约会无主题。

出门穿鞋平跟怕矮高跟怕痛坡跟怕重红色怕俗白色怕脏。

其实什么都不怕就怕没地方扔垃圾。

怕自己是又冷又硬的固体，太阳一晒又怕化得像液体一样没了形状。

鱼　刺

我是鱼刺，和你肉里相逢。

我是卡住你命运咽喉的虚无。

我是无数次的设定，但没有写下一个字。

我是深渊，也是诗。

我在你绝望时出现，用危险练习爱。

醉了又醒，生生不息。

我呵，是酒桌上被你倒空的月亮。

镜　湖

一

水的表面被洗涤过　声音也被洗掉
树枝在摇摆
城岿然不动，洗涤在庄重的仪式中
按下另一种风暴

湖水平如镜
一些物质因此凝固
没什么可以再次溶化
理性照出天空的反面，包括鸟的鸣叫

二

星斗比路更低，水挡住眼帘
那片湖，山中的美景

路深处，落叶盖住消失的脚印……

一些缓慢的波纹
一粒石子尝试跳过
铁丢在水里，吱吱作响
四分之三头颅露出水面

身体不因风折叠

鸟和人

一只鸟在天上飞
地上的人看见
一只鸟在天上飞
鸟看不见自己在天上飞
地上的人指着天上的鸟
想像鸟一样飞
想像鸟一样飞在天空上面
被人看见

镂空图案里有宇宙的暗蓝

天花板上的光有折痕
你的眼睛有月亮的环形山

将火焰编织石头吵醒初春的荒芜
腹部的野草围拢起庭院

鸟儿撤离窗口，风晃动栅栏
汗水混合草汁流进大地的深处

门把手交换过指纹
镀铜的狮子把守着秘密
它也迷失于今夜的花园

忧伤之歌

你不知道我低下头来，不是生气而是忧伤，
面对着你，即使再见，也不能使我感到欣喜。
我们是怎样的人？无情还是多情？
窗外，柳树和槐树在风中晃来晃去，
而床头玫瑰的倦怠，源自它已不需要任何季节。

钉　子

你抱怨我说话像钉子
失眠，写诗，拿几十元稿费
你歇歇吧！二十多年前
你像个艺术家，为朋友拍照，如今无人记起
你是柏拉图的弟子，谈论国家，为我做模特儿
我画着画着，你的头发灰白了

你和我坐火车去北京
我学习绘画，你游故宫
你像个仆人，走遍院子的旮旯
你爱唱："东方红，太阳升"
你常说："女儿是妈妈的小棉袄"

如今，你坐在沙发上一点点变小
而我越来越像一枚钉子
你每衰老一点就牢牢地挂在我身上

像一对孪生姐妹，越长越不像
你动用我的躯体，在我的地盘里轻手轻脚
滴答、滴答，空气般没有重量
你越来越吝啬，日夜不休复制着另一个你：
给我子宫，给我乳房，你每动手修改我一次
就重复着："一定""一定一定"
你冒虚汗，抡起空着的圆圈
你对我这样的作品越来越感到力不从心
索性将自己交还回来，想让我也如母亲
抱一抱你。你婴儿般无助的样子
令我更加怀疑
我把你放在心口，但不要阻拦
不要为空中掉落的阴翳悲伤好吗
你不是女娲，你和女儿也不是我的全部
我只是一枚坚硬的钉子，正如当初的你
对准不确定的地方钉了进去
我固执地认为，找到了自己的位置

镜　中

走廊尽头的镜子
照见手挽手的恋人
当他们拥抱，一阵风
吹过水银的心

和没有镜子的走廊不同
它为恋人多留个空间
恋人有些羞怯
仿佛到处都是镜子

并肩走的那一刻
他们扭头看镜子
如果他们停下
镜子将飞往中世纪
最后的美像油画
被晾干后，钉在墙上

《窗前》刘畅版画

窗　前

对面高楼的窗户亮了
从生活中回来的人
再次站到锥子上
他们站得高
他们能看到更远的窗子
而我在这里
我拥有他们的全部深渊

空石凳

摆放在路边空地的石凳
像被过度讨论的话题

现在，交谈的人已远去
石头还保持着原有的姿势

经过热烈和缠绵
渴望和风不会被季节带走

我刚刚来到
忍不住摸了摸它冰冷的表面

如　果

如果天空干净如镜
就不必将心事隐藏

如果思念至单纯
就不必再去占有

如果风破译登录的密码
就让防空洞里的短信失灵

如果斑马线不足以掩护脚印
就让自然的法则在城市废弃

如果不能安全行走
就让慢车道一退再退
将一颗宽阔的心挤压至变形

鸡尾酒

深夜邀请陌生的小兽出行

飞行器　铁塔上流亡的思乡曲

手中剑　丝绒布里熄灭的火把

栽一枝压扁的桃花——动荡命运的替死鬼

死亡的悬念　引来观者喧哗

冰块叮当作响，所有的航线都不能起飞

血色混合物溢出黄昏

泡沫残留　空杯呈现

镜中人吐着惊讶的舌头

一个人在医院挂水

一个人在医院挂水
饿了，又有点凉
想有一件外套披在身上

几次看到母亲
来到身边
那时她有乌黑的辫子
长大后，我不再告诉她
自己的痛

一个妇女
给孙子买来玩具
她是住在附近的钟点工
再过半小时，她会敲我家的门

对面椅子上的男人眯缝着眼

他此刻像情人

两人对看了一眼。他也在挂水

坐在椅子上无法脱身

冬　至

北半球变凉
而在赤道那一头
太阳依然任性
紧贴着，随时都会融化

下午四点的冰冷
装满地铁吹散雪花

窗外，房屋如同积木搭起的城堡
方形、圆柱体分割空间
一根逃跑的房梁遮挡住窗棂

距离消失
两个人裂缝中重逢
"多么危险，突然而至的
寒流和震荡"

女出租司机

等候红灯时我们聊起了幸福，仿佛
幸福都是在等待中才出现。
而绿灯一亮，她弱不禁风的身子就充满了贼性，熟练地
超车，钻小巷，骂一个抢着过马路的人。
她说：幸福就是
在她居住的郊外星星比城里的大……
比起她骂人的粗话，这个句子像抒情诗。
"一天要干多久？"
"早六点出发，晚两点回家。"
"挣得多了算运气。"
说这话时，她瓜子脸上淡淡的疤痕几近消失。
她太瘦，应该多吃点，而她说，
自从几年前撞过一个人后，她就开始吃素。
这两者有联系吗？我有些困惑。
我的思绪，永远跟不上一辆出租车的速度，而在
许多人的生死之间，有些东西快得难以捕捉。

"除了钱，什么都不缺！"

她脸的侧面闪过一丝笑意。

然后她皱眉，骂一个在车缝里往前钻的小贩。

我注意到，窗外的星星已开始发光，僵硬的职业里
仍然裹着许多柔软的东西。

双面人

无数次，描绘双面人——
——温柔的低眉
——弯曲的不平
她的双面扭动她
一个眼神，一句追问
它招架不住，变回其中之一

手 指

我歌颂戒圈的精密，适合肉体的刑具
我歌颂铂金的坚固钻石的恒久
我歌颂拇指的谎言小指的沉默
中指的布道，食指和无名指无名的交换，以及
它们一同抓取时，现实
而混乱的把握

午 后

枕边传来你的话语，像风拍打我的后背
我在你的讲述中睡去
待我醒来，故事的章节止于
你我先后到来的困意
回想你讲述时生动的表情
靠近你胸口，听你的心跳
——涟漪在胸膛消失
窗外，树枝像黑手指，它忙于在空中安排
天那么蓝，一眨眼，故事里的人
就说到了秋

《大家族》刘畅插画

沙　漏

一

互相伤害也是一种美
互相倾倒就是爱

正在流失的和抓在手里的
进行曲的一部分

爱着的时间以沙漏计
以秒钟计
以付出的所有计
以失而复得计
细瘦的瓶颈漏不下一颗私心

完成倾倒后
经过成为存在的意义

空是仅存的剩余
面对下一次开始
只有空

二

玻璃球里
大半个版图的戈壁……

无须争先恐后
颠倒后
落后者再次出发成为先行者
之后，总有一只手，借用上帝之名
但无法成为其中之一

一生中的一秒钟……细致、均匀，汗水淋漓
玻璃球因被注视交还一张变形的脸

星 空

你像空气，无所不在
我像石子，距离成为珍珠
缺乏泪水和摩擦
你消失，向上，成为大气的一部分
有时随冷空气下降，化为窗前的迷雾
我在费力地转动中寻找自身的光泽
直至摆脱引力，成为星

到处是柳、到处是风

早春的河畔，到处是柳，到处是风
我想看风时，就去看柳
我想看柳时，就去看风

旅途中，到处是他，到处是柳，到处是风
旅途中，他不和我说话
我想他时，他随柳枝拂上面颊
我问春天是否来时，就去看柳，就去看风，就想起他

空间感

一边是梦境，一边是现实
哪一边才是真的
它们都在发生，不同空间里
故事在拼接。醒来后
受困于梦中的孤岛
脚下两条平行的路
她相信，这唯一的可能性

桌　椅

一张桌子换了方向搬动过后
室内变得宽敞

几把椅子围绕着一张桌子说过一些话
在心底希望桌子被搬走

留出空间，可以大口呼吸
可以说一些题外的话

一把椅子本是一把椅子
它独自放在窗口时
扶手的明面被下午的光线抚摸过

窗 外

早晨醒来
转头看窗外
连接建筑的走廊上
男子面对东方
腾挪、跳跃
像森林中的野兽
她洗浴后，披着浴巾
坐回窗前
窗外，空空的走廊
建筑的阴影移动了几厘米
仿佛男子是被阳光带走的

弓

确保嘴巴和心一致
确保舒适的姿势，让膝盖平行
你可以表态，也可以什么都不说
可以欣赏几朵小花
变成造物主喜欢的样子
但生来就命悬一线
我需要深呼吸——
为校准你，我把自己弄弯
微微冒出冷汗……

香　烟

两手空空时想象有一支烟

夹在指缝中——点燃、抽吸、掐灭

有时我不动——让它成为手指的一部分

——看自己灰飞烟灭

斑　马

我想成为你仅存的那匹
在一次夜晚的翻身后，喊出你
并告诉你我的名字，要求被记住
我在皮肤上刻下白天和黑夜
为着能被白天和黑夜轮流爱着
黑夜仅仅是闭上眼睛的事
你要相信，紧挨着的是黎明
琴键在弹琴者的指间连绵不绝
丛林的生物学，使爱者受庇护
使森林获永生

缝纫

一根针，尖锐、细长
穿进皮肤、肌肉、骨缝

穿针引线时，古老的手艺
造就美丽
一个意外，一次错误
让各自适合自己

初夏下午，无人居住的房间
白布蒙着窗蒙着工作台
她缝补着自己

为友人写小传

写下你
也写下日子
日子像空房子
我们在房子里喝酒、唱歌、读诗
写下你，一笔一画写下自己
写下你，写下父亲、兄弟
写着写着我热泪盈眶
难道我真的爱过你吗
不，我没有想过这些
我只是浪费了些时间给你
我们是空房子里的空凳子
等待黄昏来临

刘畅版画

夜行人

夜行人长得丑

夜行人没有灯笼

他们将眼睛点成红肿的灯

如果在漆黑的路上看到夜行人

不要惊吓，不要斥责

他们面壁、种菜，将果实搬来搬去

如果你迷路，贪恋，挖走他们的青菜

不要忘记致以问候

但别为他们点起火把

三　月

三月真惊人
太阳底下飘雪花
玉兰和朴树开口说话
三月真惊人
风被柳絮抽走了坏脾气
说是不久，我们要相会
在电线杆旁
皮肤过敏的梧桐树下

致女儿（组诗）

致女儿
——诞生

小马驹的胎发散开
等待时辰的到来

通往天上的阶梯前
地下的引力沉重
体内倒挂的银河系
等待星星来救赎

无影灯下床单苍白
小马驹　我的小鱼
从喜马拉雅漂至
长江下游上岸

钟声为此停跳一秒
你降生的码头
停靠着我支离的风帆
和满月的心

哦，宝贝，太阳升起之前
我不敢握你的小手
你拯救我于风暴
我的个性我的气质
在你未来的道路里，确认无疑

照镜子的女儿

女儿脱下童装，套上我
淡粉色的睡衣
她在镜前模拟我
而我怀着复杂的心情，接纳一个
来到我梦里的梦，只是
我穿不上她的衣服，无法
到她的梦里去
刚才她哭过，现在
带着没擦干的泪迹，沾沾自喜
不在意
幼小身体和宽大的衣服间

留下的大量空隙

元旦致女儿

我退后，拍摄她盛开的样子
她美丽，但不确定
不像我　牢牢地镶嵌在深蓝里

她喜爱魔术，热衷镜中的变化
她新奇，由一至三
也许有一天
她变成离我最远的那颗星
我们遥望，不再同时登场

我心痛，灯灭之时
她看见镜中的寒流
并独自留下，成为逆风的花朵

平静
　　　——记女儿开学

亲爱的，让我重回平静
为你煮饭、洗衣
女儿的酣睡声，没思考完的作业

眉头轻展　迎来清晨的笛音

树叶纹丝不动
风将秩序重新排列
厨房里的餐具洗刷干净
女儿的水杯、面包、烫手的鸡蛋……

树枝伸出手来
抚摸脸上的疲惫
今天，我要恢复平静
——将心头的云压得一低再低
我要牵着女儿的小手
归家后的晚饭　枕边的水杯
鬓角的波纹后退　心思琐碎而庞杂

夜晚，房屋酣睡
我犹清醒

回答女儿

女儿穿粉色衣服
像枝头没有开放的花蕾
不怕风，喜爱提问，举一反三
面对报纸上她困惑不解的——

土地沙漠化、垃圾山变火焰山、蚁居、矿难

非洲大草原圈养东北虎

"人或加讪，心无疵兮"

2010 年 3 月 11 日，因降雨锐减

津巴布韦哥纳瑞州国家公园

上演的数百名面临粮食歉收的饥饿村民

瓜分一头大象尸体的惨剧

我试图创造出某种象形文字

用三维动画，以犬叫为喜洋洋配音：

早春寒冷，但无须害怕

这很难，像面对一首诗不懂得深入浅出

像面对关闭的城堡，模仿古人说话

有时，难以落笔写一首诗

就听女儿的

回答她的提问，也随便问问自己

为什么紧锁眉头

下围棋的女儿

女儿在书房里练习围棋

"妈妈，帮我想想！"

面对棋盘上的城池我束手无策

不敢挪动白，也不敢拿开黑

担心一不小心陷入万劫不复

八岁的女儿先是撒娇然后说，"你是
胆小鬼"
她手拿棋子在空中左摆右摆
错了再来
救活一盘僵局

飞行力学

中年是一架累积航程的飞机
掌握健康和情感是矛和盾
通常这就开始等待，这已多等两三年
终于发生
这跑道足够长，足够他降落，然而迷雾
让他急速下降
这样向下有巨大的冲力

这世界是互动的系统，摔倒是系统工程
要有一系列的失误才会发生
明知没有胜算也要执拗到底
至于空中落下的鸟屎落到谁头上
只是要牢记，此乃大气动力爱莫能助

黑胶唱片

两个齿尖

密纹中颤动

在我和你的颤动中

总有一刻，时间陷入静止

我的密纹深处

你的头颅埋在水中

长发像水中的密纹唱片

也在颤动不止

重新浮出水面时

消失了对重力的感知

足尖的舞蹈在床单上化为幻影

一枚钉子

一枚钉子躺下，一截月光。

一枚钉子立起，它听见锤子的指令。

一枚钉子不让铁流血，不泄露内心的闪电。

一枚钉子进入宿命，但无须自拔。

一枚钉子无法自我损毁——它守住墙壁的秘密。

一枚钉子咬住从天而降激励它的斧子

——一枚钉子的命服从于它的硬。

浴　女

缠绕着她的脖颈的你的吻
随水流从脊背上掉下来……
请在水龙头关闭后，再看看她的美貌和性感
看看没有吻的她
转过身来的样子

落　叶

"我想你了，把我投到炉火之前，吻我好吗？"
这是一片落叶的遗言吗？
它被风吹进我怀中，是等我让它复活？
那一天，我的心挂在窗外
如同悬棺。

火 车

蜕皮而去的火车
月光留下蓝铁轨

我将在今夜出发携带玫瑰
驾上马车
越过键盘的方格梯田
回车、扬鞭

我将在今夜出发
带上诗集和棉布裙
扬起被风击碎的卷发
和你赤裸相见

一只鸟空中迎接
穿过埃菲尔铁塔穿过故宫的红墙
幽暗人世包裹蛋白质田园

夜晚的花园

走进夜晚的花园，走进一段弯曲的长廊
我和另一个遁隐者不期而遇
他孤单的影子和我相撞
我穿过长廊回到花园，必须迎他而上
我和他擦肩而过，两个人不约而同地回望
好像在洒满月光的床上

搬迁后

脚步声静止
呼吸声静止
被丢弃的书籍静止

沙发依然在原处
搬动它
将会露出事物的真相

反复抚摸过的柔软皮质
隐去动荡与回声
扶手依然紧贴着皮肤
令我相信发生过的完美

而转椅立在窗前
被不知情的电话声催促

仿佛被抛弃的命运

急于寻找新的位置

味　道

红裙子有牡丹花的味道　鱼鳞有海洋的味道
我只需闻闻自己　就知道蜂刺在哪里　你还
是不是我的　我们用味道识别和记忆
用味道信仰和思念　但如若你今晚去了水星
我的红裙子丢失在他国　信仰先于味道消失

被　爱

你看这一草一木都像她　有时烂漫有时没精打采
你看空气和云朵都像她还有窗前栏杆上的露珠
你看这花花草草各有脾性有人称王有人做牛做马
这没道理的道理　皆因谁征服了谁爱与被爱的缘故
而你对她的爱是栅栏里的蔷薇
还要偏执一点狭隘一点

花园僻静的一隅

如同催眠术——花园僻静的一隅恍若隔世的寂静

令人安静也令人发疯——请承认

不敢说出的念头如同越过栅栏的蔷薇

水池中锦鲤沉睡　无法搬动自己的人　仰躺在草丛中

让风吹开衣衫　向天空交出秘密和痛苦

我的局限是通向房间的窗口

面积相仿的房间，我携带最小的国度

我的局限是通向房间的窗口

对面阳台晾晒的衣物仿佛胜利之旗

右边新建的高楼等待入住者

驱走水泥墙的寒意

从江南到江北，我携带最小的国度

我的局限是通向房间的窗口

父母兄长在客厅里闲谈，他在我身旁午睡

伦勃朗

将想说的话放回记忆的废品收购站
但无人保持耐心
多年后一次无意中的发现
一张画重见天日
去除边角的霉斑，蒙上玻璃罩
运送至另一国度，存放于博物馆
观者蜂拥而至。一束光线照亮
他的额头
"我与时代隔着距离
时间——最后的恩典"

女 孩

起床，出门
背包里放着库切的《男孩》
书中的南非，骑自行车的母亲
她没理清家族来自哪条河流
没写过父亲的另一面
两个哥哥的青春期

今天的她
由库切书中的句子
枕边睡觉的猫
窗口，光线
调整交通路线后的 9 路车
贩卖购物券的"黄牛"
工作群里的新闻任务组成
——写下这些也是偶然

雨点落下
回家后，阳台上晾晒的长裤
像在雨中走过

刘畅黑白画

我的父亲母亲（组诗）

父亲

"笃、笃"的脚步声暮晚归来
譬如父亲，向天空交出果实
将寂寞馈赠给母亲
"笃、笃"的脚步声暮晚归来
譬如父亲，向大地埋藏秘密
只让我认出树枝写下的潦草字迹

像阅读陌生人的来信
当秋风吹起，我下定决心
开门时，必须认出他消瘦的面容

一阵风吹过，我们拉了拉衣袖
越来越多的落叶，我已中年

一次别离

母亲一边收拾衣物，一边叮咛：
——馨予不穿的鞋，等她再来时
去菜场买菜时穿
回家如同旅行，母亲清理干净房间角落
摆放好书籍并自作主张扔掉衣橱里
我多余的外套。她暗自思量：
即使她不在我身边，我也会根据她的安排
简单、幸福地生活
她将照片编上序号，方便我找到自己
她反复纠正我童年时她善意的谎言
担心我生她的气，而我早已忘记
一次别离如同母亲手中的旧棉绳
本已解开，又被紧紧系住

城堡

母亲穿着新衣，父亲戴着墨镜
母亲说，父亲带她逛公园
上饭店，菜肴的味道胜过以往吃过的
第二天早晨，母亲捆扎好行李
花园龙爪树下，我为父母拍照
母亲的手搭在父亲肩上

两块堆放一起摇摇晃晃的石头
试图成为我的城堡

照片

父亲和母亲坐在花园长椅上
母亲眼神倔强，父亲面对镜头
试图挤出笑容
昨晚，母亲拿出年轻时的照片
父亲手拿放大镜
树影在他们的脸上晃动
我看着他们
树影也在我的脸上晃动着

父母的照片

轮廓依稀，光亮渐弱
衰老让人泪眼婆娑
记得黑白照片里父母年轻时的模样
母亲扎着俏丽的辫子，父亲围着方格围巾
站在花园里父母站过的地方
我努力地站直，成为他们的模样

母亲的房间

抬头时
密集的雨有了细雪的味道

后来雨停住
母亲离开她暂住的房间
回到家乡她永居的老屋
我推开母亲住过的房间的门
仔细清扫

继续做母亲没做完的事
生怕留下过错
希望来世能有好报

房间需要清风明月来填充

长江医院

父亲让我坐在他的身边
我坐在椅子上转身看
坐在另一边的母亲
母亲伸出手指，轻按我买给她的新手机
她坐姿优雅，专心致志

这样的母亲令我感到陌生

花园里的柚子树

绿绿的圆圆的
悬挂枝头
过些日子
柚子落下来，在树下的草丛中
悄悄地变黄、腐烂
前几年，母亲住在这里
母亲带着馨予摘柚子
母亲站在树下
两手抱着柚子，脸上露出笑容
柚子吃起来酸
再没人去采摘
又一年秋天，柚子熟了
掉在地上或挂在枝头

五月，纯棉的母亲

母亲床头的旧汗衫，我年少时穿的
亚麻面料，领口处有白色钩花图案
我的衣服越来越多，早就忘记这件旧衣
母亲保留着我的旧衣

一件件洗涤。布丝发白，钩花的棉线

每根都很洁净

她为旧衣花费着时间和精力

令我不可思议

直到有一天，我去她居住的房子

观看她挂在门后的紫色小包

窗台上的眼镜盒，木梳，小圆镜

布纤维松弛后的旧汗衫像一条裙子

我明白了时尚的意义

午后，坐在阳台上母亲休息的椅子上

什么也不做，什么也不想

日光斜照，火车开走

母亲的手，搓揉，把我的心搓揉干净

有了纯棉的质感

酒窝

母亲扎着辫子，长相俏丽

她右腿搭在左膝上，胳膊里抱着六个月的大哥

那时她享有小家庭的甜蜜

另几张照片中，母亲的脸上不再有笑容

她站得笔直，表情严肃

她说她总被噩梦缠绕

两个哥哥结婚，她有了孙子孙女
我在离家不远的师范学校上学
她的幸福是每天等我回家

她拿着二哥的海鸥相机，琢磨构图，练习拍照
母亲老了，她不再拍照
"头发白，拍出来不好看"

照片里在淮安县中学上高三时的她
面如满月，眼睛弯弯，两个酒窝点缀在脸颊两边
眼里透着光亮

账本

那些账本堆积，母亲用尺压着纸画线
用蓝复写纸复制表格和数据
写在纸上的数字像被风吹向一边的头发
傍晚，织布厂的后院有豆腐作坊
母亲总是买几块面筋回家

不擅劳作和计算，在工作中获得虚妄的满足
母亲提前病退，做饭洗衣清扫，日复一日
一晃，八十五岁，每一天都很相似

母亲

她坐在沙发上看报纸
报纸掉落在地，阳光照着她

晚 7 点，新闻联播片头音乐响起
她来到堂屋，腰上系着围裙，手上沾着水

她气味过敏，总是和虚假的病症作战
独自骑自行车去城北做医生的姨娘家挂水
有一天，她傍晚还没回家
我们终于感到担心和不安，我们没想过
推开家门时，她不在家中

我离开她去南京。她提不起精神
说神经衰弱，睡不着觉，像盏油灯快要熬干

晚年的她，不再热衷购物
她将囤积的毛线、衣料送出去，将旧衣洗了又洗
将新买的衣服拆开重新缝制

她抄写自己写的句子，学会用手机，玩微信
在家庭群里，唠叨，担心
如果你时常在群里转发信息你也和她一样

镜中的父亲

父亲背对着房门坐在书桌前的藤椅上
我看着父亲的背影
我也有默然的时刻，像一扇关闭着的门

窗外，远处是高楼。一丝风吹进窗口
我举起相机。"不要拍了"，他没回头
我惊讶，他对我行为的预知

父亲对面的书桌上立着面圆镜
年少时，我曾在镜中看见父亲的脸印在我的脸上

镜中人面容古老。他曾孤注一掷
藤椅断掉几根藤，扶手透出紫色的光泽
我也有默然的时刻，像一扇关闭着的门
我将被谁看见，被谁写下

墙

正方户型，主卧的空床散落着书
朝东的房间放着父母的衣服、鞋
父亲来往的账目
储藏室存放着画，女儿童年时的衣服

每天，太阳从东边照过来

厨房里，冰箱的电源指示灯亮着

客厅前方是南阳台

作为一个幽闭的人，我用"L"形墙

将客厅分隔成一个面对厨房的餐厅

一个连接三个房间的走廊

一间正对着南阳台的正方形房间

我老成母亲的样子

我站起身，敲掉包围自己的墙壁

门打开、关起

阳台上，植物茂盛，花儿盛开

厨房里，火苗咬着锅底

夜晚，可以听见墙那边的呼吸

看望一位老人

他乐意见到我，让我去他的家中

他开门时，像一只龟，脊背弯了

双手挥动着表示欢迎

他的面容像每个人的祖父，声音柔软

偶尔还有疑问。说起曾经的遭遇

从上海到贵州山区，他始终不能忘记

房间里的装饰变暗，地板缝隙变深

书橱空出一半，年轻时的黑白照片
用来和衰老时的模样比对

书桌空着，"书送给了学生。"
他的太太看着手机，木椅上的坐垫放在阳台上
"三个孩子都在国外，现在想想，并不好。"
花园里，喷泉成为摆设，没有水
小区修路，树被刨起，不知移栽至何处

草丛中

穿枣红长裙的她

似一匹枣红马

她漂亮的、寂寞的鬃毛

在草丛中移动

她没有骑手，除了天空

起风了，让我们听一听，
一只蟋蟀城心情歌末的影响。
Liu chang 2010.6.15.

《风中的蟋蟀》刘畅插画

好

别人的好是别人的
自己的不好是自己的

别人的好是我们说起来的
自己的好是别人惦记起来的
我没什么好的
没什么让你惦记的

他们的好是他们想要的好
"好"从身体里流淌出来
不识字的鸟儿也能听懂
盲人的耳朵比鸟儿敏锐

让我不安着的是真的有好呢
经常被他们私下里提及
什么都说了，什么都不用说了

小蝈蝈

从路边买回的小蝈蝈
有人说它喜吃辣椒，越辣叫得越响
它的叫声有时动听有时令我厌烦
听不出它是快乐还是发出抗议
分不清我是喜爱还是习惯
整个夏天我给它喂食辣椒

白衬衣

一

多年来我也爱着

抚慰我心的、严谨中的意外

你穿上白衬衣

你站在白云之上

挂在衣橱里的白衬衣

表情落寞

二

穿上白衬衣

衣袖轻盈，风也变轻

你向我走来

我知道我的想法是多余的

三

一生只有一件白衬衣
坚硬的熨痕胜似新婚

四

解开誓言
断裂的线头引爆体内的裂缝
松开的纽扣露出语言的马尾
衬衣下摆风中飘来荡去
领口紧紧咬住今朝的悲喜

秋天之诗

风住过的房子

迟疑的门

爬山虎摸出门牌

街心花园回到直立的树

梧桐树抽走体热

廊柱上的石头花朵

被雨水混淆的露珠

修饰过的表面

往事脱落的皮肤

再加上停摆的钟

不停掉落的

枯叶

刚好够写下

这首秋天之诗

路　口

没有比肩的路
也可以在同一平面行走

风调整节奏
风走　我也走；风停　我也停
红灯为下一次注视停顿
绿灯释放阻塞的路口
而黄灯每闪一次，都有三秒钟的隐忍、迟疑

和纸上写的略有不同
同一平面上升的温度
将立秋向后推延

无　题

早晨醒来

看窗外树的剪影

路对面的楼房

暗的窗台

落地窗前桌面的直角

这样的画面与几年前写的一首

诗

吻合

是不是可以说明

有一种安排

让手中的刻刀

一点点刻掉

眼睛里的亮

动　车

慢　使人焦躁
快　是目标
向沙粒索取金子
用十分钟获得爱情

切开红心鸭蛋
减速玻璃如同老电影

方便面
火腿肠
卫生间的氨水味
空调氟利昂味
全球变暖
腌制的鱼摊于座椅

"列车因限速原因

晚点二十五分钟到达"

前排座椅上的金发婴儿
转头向你微笑

孤独是一粒米虫

有时长在眼里
有时盛在碗中
墙角斑驳的白
躺在地板上的和衣而卧者
皮肤生出铜锈

挂在窗前的衣
窗前的人和它说了整夜的话

长，伸得更长些
夜伸进风
树枝伸进窗棂
你伸进我

聚散在唇齿间

北极冰川，江南雨幕

悬挂窗前

一根白发在乌云里躲闪跳跃

一幅画
需要省略的不是阴影
而是末梢明亮的细节

刘畅版画

墨西哥城（组诗）

挪动

突然降临的雨

南京和墨西哥城

十三小时时差

不同天气　清醒与睡眠之间

从汉语到英文到西班牙文

关于行程、转签费、翻译的十首诗

一道航线想要通过转机到达

一块调色板想要把江南墨色

拉丁美洲棕、褐、深褐

糅合进一幅画或一首诗

她携带满满一行李箱

汉语的美丽和忧伤　手持一根亲手种植的
绿枝条
站在太阳金字塔底下

她捡拾起插在神庙上的石头
将之悄悄挪动一厘米

蓝房子
　　——致弗里达

不锈钢胸衣如同艺术品
轮椅画架前放着
而你不用再去描绘疾病或痛苦

墨西哥城的陂子排队来到
画展开幕式你的四柱床前
我来了　你不在

窗外植物茂盛
电脑里的硬盘无法恢复完整

抬头看院中
游客模仿你和他拍摄合影
我的一生不及你的一天

羽蛇

少年时，梦见一条小蛇，黑色的
探着头，在两腿之间
流更多的血之后
她成为女人
前几天，女儿询问月事、视力下降的右眼
秋天头发变薄，羽蛇没有离开

加勒比海

从水泥工厂搬运过来的方水泥块
放置在海滩，通向堤坝尽头

沿着堤坝走向海，堤坝尽头
坐着弹木吉他的流亡歌手

那么，我把我听到的说给你听
我把海水对我说的告诉你
海浪扑打堤坝
我看到遥远的祖国也是辽阔的，动荡的

心灵的天空又一次降雨

炭黑色的、夜色中的墨西哥城
湿漉漉的地面　五百年前的河
旗帜垂下
你吟唱摇篮曲，说起有不同女人的父亲

这下雨的城
这古堡书屋落下的圆形雨帘
在我心灵的天空又一次降雨

高度

铁轨交叉时也留下结
许多事是平行发生的

她对自己说，给彼此多留点空间

当飞至高空，温度下降
具体消失于洪荒
当到达物理高度
爱会重新释放，不再纠缠于某个词
原谅自己，爱上爱本身

这是她从洛杉矶机场到一万两千米高空
俯瞰蓝色星球时想到的

在高处，沟壑如同衣袖处的褶皱
当机身下降，重回陆地
轰隆隆颠簸于跑道中
她的心被攥紧，她再次到达
再次出发

这世间的声音

她记得广场
雨水落在鞋面
她记得和你并肩走
你系着的羊绒围巾
她记得跟着母亲穿过马路找她签字的男孩
有着羞涩的笑容
录音棚里沙发上瞌睡的女孩
有着大大的眼睛，卷翘的睫毛
她记得中央饭店楼顶平台上的吉他声
早晨的钟声里，她在聆听
她的眼睛——摄录
世间的声音种植在她的喉咙里
她用她听过的声音开口说话

这时总得说点什么

她被捂住嘴

她挣扎着，透过他手指缝隙：

"我——爱——你"

蓝色的海

你用目光向我询问
你的脸上有豹子的脸

我惊奇你有另一张面孔
当我想看清，你变回去
你消失，回到蓝色的海

你的目光令我羞愧
你的笑如同孩童
你朗读"阿尔泰"
你看我时，失意的女子获得好运
当我想起你，你的侧脸就在眼前

致敬短暂的相遇
也许，只是一次工作，很快就会忘记

随园·画面

房间因有人离开变得空荡
窗口如同画框
刚才，我们在房间里
面对面坐着，中间隔着白色方桌
离开房间，回头看窗口

"视频""墨镜"
"小屋里花盆后的两个小孩"
"我和你"
写在诗里的也在眼前

青砖地长有青苔
栀子花香有微苦的味道
抬起头时，细雨在脸上洒下水雾

画　廊

为各自的位置获得的光线

他们有过争吵

当参观的人群涌进画廊，他们沸腾

夜晚，参观的人离去

冷静下来后，他们有过交谈

画被挂在墙上，装饰着古典的画框

有的画，获得过爱与呼吸等待下世纪

冬日午后登九华山游玄奘寺

太平门西，去往玄奘寺的小道
趴着一只长毛狗
它毛发垂挂，像是异族

一道铁栅栏在大殿前
城墙挡住风，僧人着黄袍

沿石阶行走
城墙另一边的寺院里
人头攒动，太阳宫像切开的蛋

演　出

无法协调自我
将自己交给化妆师

脸颊涂上砖红
有人说镜中的她是拉丁美洲人

站在舞台，俯首听命
大人物戴着面具
与面具交谈的人讨厌自己

灯光照在面部
目光移至他递来的一桶水
害怕认真，避开注视
表演耗尽力气

总是没来由地安排

她今天的角色是一个老妇

有气质的狗

它被送到苏北
它和当地的小伙伴玩耍
侄女说，看不出它是从南京来的
有气质的狗

她去看它。它还记得她，拼命地摇着尾巴
车开动时，它跟着车子跑。她在后视镜里
看它

刘畅黑白画

有的诗

有的诗读了，叫好、点赞
留下溢美之词
有的诗读了，不想说一句话
默默地再读一遍

金 子

我想要的，只不过是简单和重复

没有好奇，也没有探究

我想要的，只不过是平常和认知

时间在重复中加深印痕

我想要的，只不过是一次次与你相爱

直到永恒为我们弯下腰身

水　果

她说想吃提子
他递给她一个果子
他手里也拿着一个
她说好吃
她问什么水果
他说：青枣

遗 物

再见
是哈哈一笑，还是形同陌路

当话语需要他人转达
她担心不能捎去她潮湿的部分

没来得及说出的：
遇见你，陪伴我，像一个人经过他
幸存的部分——头发、牙齿

一年又一年，今天游走在昨天
他重新出现，她的一生得以完整

上　海

女管理员坐在椅子上
烫发，高跟鞋，绿松石色旗袍
她坐在公厕门口像坐在自家弄堂

愚园路，有人沿木楼梯向上
红漆桌前，几个人，几杯酒
窗外，雷声滚动。雨点如同子弹
落在玻璃窗上

夜晚回到华亭宾馆
松下电视机款式老旧
关灯睡时
闪电在窗外高楼背后跳舞

南京博物院

夜晚翻身时手搭在旧衣上，圆弧失去支撑
诗句写于纸上，水分消失，呼吸留在笔触里
有的人刚开始就分不清，没将自己安放进画面
独自在展厅转悠，寻找远古的替身

画册中，戴凤冠的女子坐在木椅上看栏杆外
她发髻如云，凤冠华美，桶状造型的椅线条精细
此刻是秋天
我没坐在椅中看窗外的树

玻璃展柜中，阿富汗巴克特里亚王国时期的
五树形黄金王冠令灯光摇曳
蓝色背景中的黄金聚集过
一条河流里的金沙

展厅之外，精致、闲逸为人憎恨

粗糙和忙碌成为骄傲
镶嵌在黄金饰品中的绿松石抹去泥沙后
需给它恰宜的光线和足够的幽暗

从盗墓人的口袋到博物馆的展厅
关于羊群变黄金，谁捕捉过细节和隐喻
布幔装饰着围墙，灯光和投影制造光效
让文字隐身

伫立在展柜前的人沉浸于将自己当作墓中人的
想象中。戴金冠，套脚环，对缺损的玻璃杯预先
制定过修复方案

游牧民族背倚云朵，携带羊群，图案还没诞生
树木在长，草在蔓延
将掉落的绿松石镶嵌回金腰带
骄傲的人因失去自我评判面带笑容
走廊拐弯口的穿堂风透露它刚刚经过了迷宫

朝天宫

为未来准备的失去它的使用场所
在城市的客厅，殉葬品离开它的主人
金器、玉器、宝石、服装、金镶丝饰品
令人惊叹古代的手工艺

大殿前，孩童将台阶两边的青条石当作
滑梯，留下两条光亮的痕
"水滴石穿，每个经过的人都留下过痕迹
当青石变成镜面，便能照见天空的皱纹
而工匠不知他们制造的最终变成什么"

"古人的时间不值钱"——撇开单调、重复
我们的掌心能抓住什么

琉璃压树顶，池鱼知晴雨
后花园假山顶的亭台里，有人独自眺望

飞云阁前，新一代人扮演书生拍摄美颜
宫廷院落，何曾拥有，有谁知身后事
只叹风流亦荒唐

午朝门公园

如巨龟的断足，石柱基座被放置在空地
空地原本是大殿，锣鼓压住聒噪的语音
群臣都有惶恐的心

坐在座椅上，面无表情
大殿倾覆，杂草被去除后覆盖四季常青的草皮
水龙头画着"8"字形，将水滴挂在草尖

惊叫声穿过午朝门
年老的皇跟在年轻的皇子身后
请求原谅
桥下的流水抱住空中晃动的云

绣球花开在荒殿之上
女孩身穿白色连衣裙在春天留影
深灰色石基，一段残缺的断章

粉绿过后，绿覆盖花园

水杉的直发被骤雨洗刷干净

《诗与思》刘畅插画

颐和书馆

玻璃墙里有另外的空间

彼时，书店是生意不景气的广告公司

重新来到，恍如隔世

写在书里的是另外的人对你讲述

肖像在画框里，绿萝在水中

坐在沙发椅中的人低头阅读

路西边的民国建筑关着门

玻璃消减掉杂音

曾经欢爱过的房子如今无人居住

立柱在转弯处

通向内部的门令座椅安静

面对面坐着的人用书遮挡住视线

坐在临窗椅子上的人，左边是潮水

右边是墙壁

大众书局

总想快速，总在不得已时下行
走向右边的楼梯

有人将台阶当作临时座椅
手捧书籍不肯离开
围裙系住单薄、清贫的腰身
手指也是苍白的，让你难以相信书中有
黄金屋

灯光留下垂直的暗面，楼梯仿佛凝固的液体
玻璃下的图书封面——被消解掉声音的发黄的面孔

下楼梯人像一截黑色铁钉
独自行走时足尖有足够的重力

刚才进书店——经过一楼货架上的

塑料天使，拧弯的绿植，跳绳，保暖内衣
廉价耳环，练习本，手套
经过不变的古老的集市，没有其他路可走

书店的座椅

一个老妇搬了把小木椅
她坐在木椅上，戴眼镜，翻书的模样
像知识分子

我把笔记本放在沙发椅上
起身换书。待我回来，老妇坐在
我刚才的位置上，我的笔记本被她拿开
她的空眼镜盒放在桌上

一转眼，她和我交换了座椅
她倚斜在沙发的靠背上，翻着手中的书
懒得看我一眼

江东路

站在高楼窗前

江东路上的高层建筑将过去的农村

一片空旷之地，变成城市中央

街对面的南京大屠杀纪念馆缩小成

平行四边形

十字路口，父亲前往装饰城为女儿

挑选护眼灯

骑电动车的少妇无法站起来

指认一辆快速经过的面包车

再过一个路口，运送假货的面包车就将到达

报刊亭里，《中国国家地理》杂志：

美国艾奥瓦州漫山遍野

存放废弃汽车轮胎谷的宏大场面

和矗立的楼群、纪念馆里的遗骸多么相像

地铁——复活的恐龙，继续向高处走去

宁海路

相似的面孔，有的是父女，有的是母子

女儿走向父亲，儿子走向母亲

父母看着孩子、重新相见、感觉新鲜

恍然多年前的景象重演

又有不同

曾经努力，如今枉然，悔恨如同佛塔的尖顶

路边，餐馆消失、卖服装、水果、工艺品的摊位

代替路中心的喷泉

挂在墙上的油画，白天鹅已死

走廊尽头，一面镜子照着虚荣的幻影

除了食欲其他皆暗淡

灵隐路

水流在左，花园在右
我的女友在灵隐路
她坐在窗前，猫趴在窗外的屋檐
居住的人离开后，空房留下悬念

去年冬天，姐妹们手持花枝
在铸铁的路灯下拍照
梧桐树有淡蓝的皮肤
新婚的人摆拍幸福

院子里的玉兰花瓣枯萎
她在夜晚听见的哭泣是自己的哭泣
我没有推开她的门

星火路

落在地面的阴影
来自高处，也来自近旁，来自自身
只要看到自己的影子，就知道日头西斜
而秋日已深

桂花开在枝头，沉睡的人在香气中醒来
受苦的人因自身的痛苦领悟

谁建筑房屋，谁毁坏它
谁打开过自己，谁看见一把锁

盛大的秋日
昨天，这是一条风雨飘零的路

慈悲社

在鸡翅木门，铺有白棉布、放有干花的
长条木桌之间
一辆悬挂着一把锁的粉色自行车
放置在角落
它的粉色漆剥落
它的皮肤如月下花瓣
当它想要奔跑，它如同一匹马
街道上的人看不见它

风骑着它，四周车辆轰鸣。一匹马
停下，打着鼻息

在市中心叫作"慈悲社"的巷中
一栋房子的门背后，湖蓝色楼梯下
一辆粉色自行车想要到达的地点

灵谷山房·光线

有时是竹帘的纵线
有时是团扇的阴影，有时是按揉的手指
压在调高的琴弦

傍晚，在古琴里多停留一些时间
天黑下来时，寺院里响起钟声

美好的事物如头顶的月光
现在是高悬的剑

走在不同于锁孔的笔直的长廊
转身到另一扇门，推开在月光下
影子尖叫，楼梯方向不明

从空中向下看，走在花园里的人
如同走出树林的麋鹿

秋 日

昨天在雨中，发生的是真的吗
那些人，那些面孔，雨中的书店
多想有挪移术，将昨天搬移到今天
因今天，秋日，太阳冲破云层
阳光刺破窗帘，阴霾褪去
门前的地面、叶影之间
阴影变化着面积
皮具店地面清扫过，店主有好心情
慢悠悠，不着急。远离旋涡度过一生
也是幸福的令人羡慕的想而不得的

所　见

在单位的停车场

一只死去的鸟

如同粘在地面的一块污垢

还有一次

在青海省平安县峡群林场

土疙瘩旁的水泥路上

一只蛤蟆被车轮压扁

有人指着它，我尖叫

有一年，南京鼓楼广场

人群聚集又散开

一头牛被剖开肚子

一个人从牛肚子里钻出来

看见，如此相似——

刚开始小心翼翼

不一会儿又昂首挺胸在路上

刘畅版画

树化石

一棵树在我们心中很少人看见

它比森林久远比钢铁坚固

你是大地上的搬运工，铆钉构筑虚构的房间

没有门，只有相互打开的愿望

没有取暖的棉被，只有相互缠绕的枝条

雪白的荧屏如同阴雨天气

你喂食我猩红、乳白

根暗中抓紧，枝干变粗，花瓣包裹词语的核

一棵树想有多少果子就有多少果子

红石榴寄往远方，冬天用手指去爱

除了储存词语我们一无所有没有改变

除了嘴唇寻找嘴唇玫瑰依然亲吻权杖

一棵树和我们的合影子孙的福佑

火　车

一列写于多年前的火车

找到乘坐它的人

一列火车开着

皮肤生锈

车轮在铁轨上拖动

凹痕闪亮

哦！也许你正期待

将旅程放进一截停止的车厢

鸽 子

毕加索画中的鸽子

佛罗伦萨广场大卫肩上的鸽子

埃菲尔铁塔下的鸽子

中山陵音乐台广场上的鸽子

小提琴声中的鸽子

楼顶笼中的鸽子

空中画下弧线

红丝绒桌布上餐盘里的它

头高高昂起，保持着飞翔的姿势

期

谈到剧本

一个神志不清的女人

一个双手撑地

准备起跑的人

方向

绳索

没有灯光的床

边缘生成海浪

一切都是矛盾的　冲突的

相互咬合

经过三年、七年

当解决不了

就不交谈

把自己放任给身体

找回我们的语言

它抱着自己

房子里
嘤嘤的哭声，后来有猫叫
再后来，夜深，哭声停止
声音消失于梦

猫在门外抓挠
她起身，脚伸进拖鞋

猫在她床边
她让它走

第二天早上，她醒来看它
它趴在卧室角落的藤盒上
肚皮一鼓一收，它抱着自己

西　瓜

从嘴里吐出来的
一群蹦跳的孩子
埋在土里

剖开后
都有美丽的　鲜艳的
伤口

薄雾的早晨

车轮倒进昨天的碾痕

开进园区的空地

地面结着泥泞和冰，麻雀无踪迹

甲骨传奇

炭烙龟背……
"今天不下雨，可狩猎。"一百多年前，名叫
李成的小屯村的剃头匠
研磨"龙骨"，前往中药店卖了六文钱一斤
幽暗书房里，"十六册，205－220
字精者，庚子九月二十一日夜抚过"
2012年4月12日《南方周末》
"任何一桩买卖一种旧貌换新颜的背后
都隐藏着一种基于生活的破坏和重新"
淤沙湮没商周
一个曾经存在又消失的古老王朝显现
最朴素最强烈的渴望如同一些难解的
字符穿过了黑暗之所

手工艺者——无名氏

你缓慢地爱我　稳定是根本
你繁复地爱我　细节是不朽
你以木楔爱我　失去化学成分
你令石头长出羽毛，令信仰成为俗世
而不是案头的摆设和物件

——你决定用刀斧爱我因我想成为
世间独有的一件

无字碑

一朵花开借用春天的比喻
一根撒谎的枝条与风作斗争
一个果实落进阴谋论的口袋
一把刨子决定木头的命
一段弧线记住匠人掌心
而不是成为椅子后在房间里被谁坐过

江上晚霞

晚霞一点点消失

它一会儿是狮子，一会儿是老虎

它一会儿是国王，一会儿是棉花

它变小了是佛

再也看不见

假如不能回到家乡……

我爱你的陈旧、虚荣、被遗忘的伤
——老房子，童年的匣
我爱花园里的花和墙角的蚂蚁
我不再对你动用新的词语
在另一个城市，我将自己搬来搬去日取所需
在这耗尽气力的过程中，旧日的庭院
保存着完整

走 神

走神是一枚针

游走在缝隙处

走神是花园里斜生的小道

告诉你此路不通

在掌声中走神

在抱紧的肩头走神

走神，神在远方

即使拨乱的指针

也要回到正确的轨道

裁　缝

现在，你终于相信一个完美主义者留下的马脚

你得允许他继续缝缝补补

当他缝完最后一粒扣子

他依然是你贴身的那件

咖　啡

"燃点真的很重要。"
酒精灯盖提前落下
——是胳膊碰到桌角，一次硬碰硬后产生的意外
咖啡待在另一个壶里态度消极

释放掉压力后
它终于开口说话，话语从另一个壶里缓缓流出
否则反复拧
只会锁紧金属的闸口

你点燃了这些时刻
还得在呼吸道里留下一丝氧
你得在苦之后继续

不用说了

别人的好是别人的
自己的不好是自己的

别人的好是我们说起来的
自己的好是别人惦记起来的
我真的没有什么好的
没有什么可让你惦记的

他们的好是他们想要的好
他们的好写着写着就熟练起来了
但"好"从身体里流淌出来就困难多了
连不识字的鸟儿也能够听懂
盲人的耳朵比鸟儿敏锐

让我不安着的是真的有好吗

我们经常被人私下里提及

什么都说了什么都不用说了

衣　服

每星期买一次衣服
但还是不够
刚买的新的和旧的挂在眼前
喜欢的要天天看见
总想丢掉一些

他将衣橱里的衣服扔在地上
衣服堆成小山
我在小山上爬来爬去
小山越来越大
我退到房门外，房门关上
把自己搬到另外一个地方
只要走着去
搬走我的衣服
我得叫上一辆卡车

茶　艺

只有完全地倾注
才能将命运端起
和桌面完整地告别

至于死亡
是另一次倾倒

茶在壶里温存片刻
留下体香和垢

茶水注进陌生的杯盏
完成生命的馈赠

垂钓者

一半垂直水面
一半伸进水中
一点点向下
当一根线剧烈地晃动（一定是被咬住那头）
直至将颤抖传递至表面
释放自身的负担

被咬住的那一头剧烈地晃动
而江水向后仰去
此刻，我在意的是写作者手中是否
有一根线

我在意的是这根线是否拉得够直够紧
直至江水恢复平静

旷野的池塘边

站在旷野的

池塘边

像一棵草那样

如果此时不交谈

夕阳多么美

池塘照见小草的影子

岸边的柳树比春天更羞怯

野鸭的黑翅膀划过水中的夕阳

我们站在旷野的池塘边

像一棵草那样

如果秋更深一点

雨丝将垂下钓饵

如果此时不说出

此时依然美

灯光下

光线描浓影子
令它投射在天花板上的光晕更亮
而周围变黑
书本里有人低声朗诵，谁在夜晚坚持
我用手指系住寂静，睡眠时床单随我变形
灯光下，除了我和时间
物质不动

冬日午后过庆王府

走向街心
走向更深的寒意
房屋离开建造它的人
照片上的人看守着孤独的花园
中午的阳光照在屋檐下
阴影有远山的形状
灌木丛像被捆绑住无法挣扎
汉白玉喷泉里的水凝结成冰

宙　斯

——你看这黎明欲晓，遵循旧有的礼仪
风服从花朵，树枝纠缠不清
——哪里是阴影，哪里是发光的梦境
未知询问无穷，让我先等待天明
再慢慢理清，哪里是你的阴影

金　子

我所要的，只不过是简单和重复

——没有好奇，无须探究

我所要的只不过是寻常和认知

——时间在重复中属于我们

我所要的，只不过是一次次与你相爱

——直到永恒为我们弯下了腰身

相爱的每一天都在重新出发

相爱的每一天都在重新出发

阴天来自于我们的决定，暴风雨是我们

喜爱的游戏，没有比较、没有眷恋

永不休止的路途送我们至人迹罕至

相爱的每一天都在挥手再见

故我使今我美妙绝伦

如果我们不能如此相恋，便不能如同

清风、明月和滚滚向前的浪花

空画布

使用颜色的人也使用墨块

画布上的河流、房屋——和你们描述的不同

邮筒里的信、皮肤上的痣、石头里的翅膀

邮戳盖满旅程

画下一个遥远的小镇，那是我要去的地方

使用过的颜料继续使用

我用被你们弄脏的画下我们的生活

画布上有光

餐厅里的椅子

二十一把椅子
围成圆圈
走进餐厅的人
不约而同，将目光落在
中间的空椅子上
有的靠左，有的靠右
轮番坐下
最后到来的人
坐在中间的空椅子上
他错过一场牌局

断　裂

丝瓜伸进窗棂

窗玻璃搬到石桌上

青花瓷有着被使用过的美

当空气向颜料索要呼吸

笔触有了新的形状

"断裂代表着消逝的某种漫长经历"

当果实的锈斑蔓延至墙角

帝国的版图消失了边界

油　画

一回回弯曲的庭院
雕花木门侧立
四肢绵软的美人眼角如钩
唱一曲"如花美眷"
进京赶考的公子在走廊的油画里翻身过墙头

面颊上两片绯红的云
挣扎着
像玻璃板底下压着的蝴蝶

骨　瓷

下意识地，把手搭在她的肩上
头跟着靠过去

"真消瘦啊！"她说

她写在宣纸上的瘦金体毛笔字
形销骨立的宋朝

任何命名来命名她都是多余的

她记得手指碰到过她。她的肩骨
如同她写的字

坐在支着阳伞的院中，树上有蝉鸣
茶汤由深到浅

夜

房屋立于夜的街道
等待的人在路灯下
他走在路上。你在哪里，能找到吗
抬眼看去
他走在路上，双手放在口袋里
"爱一个人最好不相见，远远地看着
看不见，也等不来"

食肉者

椅子中间空着的距离有多远
坐在你身边——看你的侧面
皮肤、下颌
火锅端上来，需要加点孜然

一星期有一天吃素
手臂随笑搭在肩头

你来，你去
没有你，春天让我苏醒

食糖者

关于情谊
不知如何表达
怕世故，怕你不知晓
面对你，总是左右为难
想写一首诗，怕打扰彼此的安宁
围绕房屋的路有几条
我以为你从南边来
后来在北边落着树叶的路口
看见你的身影

仙人掌

花盆里的农舍围着栅栏
冬天过后
红色、黄色泡沫球掉落
栅栏、农舍倒在土里

窗外，枫树叶子落在地上
墙角的白瓷花盆里
仙人掌活过三年
矮矮的，小小的，长不高

角　度

时而潜入水中
时而露出水面

女儿从游泳池里冒出脑袋——
你要从水底向上拍
你没看见的
我早在水底替你观察过了

刘畅版画

下　午

女孩经过冬天，腿部长圆
她变成另外一个人，从外形
到内心

她站在人群中
姿势慵懒，目光倾斜

春天浩荡
窗口的凤尾竹挨过冬天
花工剪去枯枝

一个人的夜晚

"泼泼泼——"
窗外的鸟鸣，细细的喉音
亿万年前，无人，我在窗前

竹林深处，树叶来不及腐烂
栈道连接岛屿
半月挂空中。无笔墨
无法描绘此刻
心有牵挂的人断开尾巴

猫蹲在窗前

游泳池

忘记消毒液的腐蚀性
泳池的蓝令人产生幻觉
以为可以将自己洗涤干净

寄宿山中，以为可以清静
以为忙碌就不会浪费

窗外响起蛙鸣。静的夜里两种孤独
无声无息处也有搏力一击

面对青山而居

想起悲伤的事
夜色便开始发白

空调没打开也呼呼作响
喉咙发痒需咳出灰尘

珍珠耳环放在烟灰缸中，高跟鞋
摆放在床尾

她在不属于自己的房间走来走去
连衣裙挂在窗口，像没有灵魂的人

退 房

回头看时，书桌打扫干净
门被再次打开后，我变成冒犯者
那洁白的床是我躺过的
已和我无关

问自己是否不舍
还是说服自己离开

开车送我到火车站的人话语不多

被击落的鸟

叽叽，啾啾，用得过多的词语
仔细听，鸟的叫声，无法用词语表达

不知鸟的叫声是什么
我没能成为它
当我说出它
它被看见，它被击落
我听到心中的迸裂声

它的胸口还有一口热气
眼里留有困惑

叽叽，啾啾，用得过多的词语
无关生死的鸣叫
第二天，台阶上不见被击落的鸟

蓝

汗和汗拥挤，皮肤黏稠

清雅的事，不适合拿到人群里说

蓝，格格不入，聚集起却是好看的

看惯繁花似锦，在一片蓝里

皮肤白皙

低眸时，蓝，深似海

因没看见过心怀念想

如此，我爱你，想和你到海深处

雪　后

雪停

太阳出来

妈妈打电话说

昨天她出门买菜

坐电梯到楼下

地面结着冰

楼房背阴处都没解冻

春　节

窗口亮晃晃

房间里的人醒来

走在城市的街道

街道空荡

店铺门关闭

异乡人未归

在居住的城市行走

像在月球迈步

祭　坛

石径上
堆积着落叶、松针
石径旁
散落着一圈羽毛
距离羽毛二十厘米处
一只撕咬过的鸟翅
公园僻静处——最小的战场

教 堂

我的爱人，小小的教堂

我们的家，荒野之中

我的心跳，墙上的时钟，头顶是星星

在梦中，走进教堂，聆听钟声

在钟声里，冲撞，停歇

钟声敲响，歌唱不止，时间之外

你的名字

大　厦

和拉起窗帘的房间不同
窗户、写字台、墙上的画
两个单人沙发放置方向奇怪
她先坐左边沙发，又坐右边的
他坐在写字台后
吴侬软语像块糯米糕
暖气有点热
她脱掉羽绒衣，露出白衬衫
他吓一跳。她不知去还是留
她记得沙发，半瓶矿泉水
窗外，大厦挺进雾霾消失尖顶

刘畅插画

乌　鸦

别以为乌鸦离你很远

它就在你住所附近

就在你工作的开发区厂房附近

距离房屋两三百米处

就能听见它的叫声

尽管你来到这里

还没越过秋天的荒野

还没走出工程车的碾痕

它就在你附近

它就在你附近

它的黑翅

它的嘴巴就要随着上司的目光啄到你

眼前是忙碌的苍蝇

不远处是公鸡的啼鸣

它并不来自黑暗

生产制造中心

备餐台、儿童游乐场
擦鞋工、美甲工、电脑报号声
谢谢光临
火锅相当于一场狂欢
表演变脸的演员鸡翎戳到观者面颊

空荡的厂房，电子电阻在操作台上
在拔河比赛中发出过千钧之力的
光头聋哑员工面目威仪
身怀绝技的人为生计所困
扎线女工的发丝随耳机里的乐声摆荡

升降车升起之时视线改变
白手套像是无法抵达的安慰

艺术经纪人

公司变动，我也是被辞的
您公司招人吗
我上有老，下有小
我三十四，老婆离了
孩子给父母带
我目前状况也不好
好不容易找个工作
一个月四千五
有绩效
每月招不到二十五个艺术家扣百分之三十
屁股没坐热就被辞

我是他签约的艺术家
每天朝九晚五，工资不高

旦 角

甩水袖，拔剑，喊冤
你的家，在哪里？你的照片寄给谁？
我的家？正月里就在唱，三月才能歇息下来
她拿出身份证，安徽庐江马甸村农家女
自幼随父亲学戏，艺名"马小梅"
庐剧旦角，也唱黄梅戏，戏剧表演大师
在扎着松枝、四处透风的乡间舞台上唱《一女三嫁》

生活的大师

他被称为失败者
"可怜的……"
没有钱，不饮酒
不外出旅游。去香港
是做保险的老婆的单位福利
他走路总低着头
被年迈的母亲反复纠正
他弟弟笑他没吃过山珍海味
没见过世面
有天，他们回头发现
他烧一手好菜。他和母亲住老房子
他将门框、窗户涂上新油漆
花池里种着月季，葡萄到夏天就熟了
他每天清扫院子
女儿的结婚仪式上

他穿上西装，发型崭新，声音响亮
成为生活的大师

男同学

我班同学李学诚 5 月 30 日晚
在工作单位钢厂的行车上意外跌落
经抢救无效身亡，于 6 月 6 日火化。
墓址：黄码永思园 5 区 22 排 18 号

有同学回忆：他家境不宽裕
冬天，衣着单薄的他学热播电视剧《霍元甲》里的
架势摆弄拳脚抵御寒冷

有同学说，几个月前
他打电话给另一个同班好友
说他手头有点拮据

还有同学说，上个月在单位碰到他
他替他妹妹找工作

他头发自来卷，身架大
在班级联欢会上跳霹雳舞
毕业二十年后同学聚会
他笑声爽朗，有好酒量，都说他侠骨柔情

他是否还在群里
打开标注有"刘学成"的微信图标
只见残雪覆盖青松，微信名：雪沉

想加他为好友，点击"添加到通讯录"
页面显示："你需要发送验证申请
等对方通过"

男同事

华北电力大学毕业的同事

站在七楼办公室窗前问，又像在自言自语：

"当你每天早晨站在窗前，你会由衷地喜悦并微笑吗？"

办公楼对面是住宅区

二十世纪七十年代末，知识分子在单位的宿舍楼安家

老职工们时常说起幸福的年代

办公室同事有的升职，有的辞职另谋出路

总经理换过几任，新员工面孔层出不穷

没人再提起他

他搬出单身宿舍租房居住

神经衰弱，时常迟到，后来不见踪影

老厂房被拆除。厂房旧址盖起新大楼

红灯亮起，车在路口停下

曾经有一栋楼，有一扇窗

有一个人，看着窗外，为明天担忧

女 尼

她戴着眼镜，坐在桌旁的木椅上
桌上放着立屏瓷画
炭烧炉子
茶壶
我第一次见到她
在烧烤店，她的头发染成黄色
有整齐的刘海儿
她话少，抽烟，喝酒
再过几年，她两鬓的头发白了
后来，她去寺院，做了居士
出家，戒酒。她写诗，写月亮
写扫地僧
她戴着眼镜，大眼睛，宽额头
住在楼房里的人很少看到月亮

盲　人

车辆停下，斑马线上出现两个盲人
男的将一只手搭在女的肩膀上
女的表情静默，带着男的向前走
路中心移动着雕塑

两个盲人衣着干净
我跟在他们身后
我想把手搭在你的肩上

慢与静

他的声音不疾不徐

"你还是以前的样子没有变化

我早就白发"

七年前，他脸颊饱满，身形结实

告别时他礼貌地拥抱

说到山中的房子意外摔伤后失忆的老友

去往异国的爱人和孩子

回来，出去，回来

陌生之地，一切刚刚开始

需耐心，需辨认

关于不安与愧疚，他说这都是命

我们要保持慢与静

刘畅插画

山中小道

潮湿、幽暗的小道
我和你一同走过
而今我独自一人

天色将晚
暮色与广袤的夜相连接
石头经过震荡翻滚在路面
蚂蚁回到巢穴

离开的人不会回来看你

清明，路上的人，来来去去
有的人在走动中近了
隔着层大气，面带笑容，没有声音
不知对方来过

他经过我，像风经过柳叶
油菜花怔怔
仿佛待在黑暗中久已失语的人

刚买的棉衣品牌"慢慢变蓝"

于是想到——
煤气灶头火苗的蓝；
缝衣女子的下午；
上小学时深蓝碳素墨水
滴在盛满清水的脸盆中。

色彩静物

玻璃酒瓶的绿灰色在香蕉、橘子的底部
白色盘子的侧面
反光的颜色，来自灯光和邻近的物体

"你们在一起
并不是眼睛看见也不是
耳朵听见
甚至不是你自己能说得清楚的"

从套袋里生长的苹果形状一致

关于明面，需要加进冷灰
电源关闭后，夜光越来越亮
陶罐的边缘显现，而它的暗面正在消失
让自己看上去是安全的

星

你亲爱的小母猫
她回来了
阁楼顶上有两颗星
仔细看还有更多
没被认领的孩子

喇叭形

经过没有门的废弃的楼房
经过装有垃圾袋的垃圾车
来到亮着灯光的街道
而一旦推开一扇门
关在门里的光就漏出来
成喇叭形，对你喊

一个人的房间（组诗）

夜读

烟灰缸里烟蒂还在
隔空取物的手指留下黄印
家具处理寂静的表面
擦掉灰尘才将书放至枕边
她的耳朵，她的身体
等待翻阅
夜深
关在阳台上的狗叫了几声睡去

燃

在房间里
用"想"打开粉蓝盒子
抽出一支烟

"啪——嗒"

火从打火机里跳出来

推开厨房玻璃门

拧开煤气开关

长发垂落

坐在椅子上的她

看见房间里有个女人

独自走来走去

空气里有焦煳的味道

一个人的房间

暖水管嘶鸣。闭起眼睛时

挂在椅背上的外套

一声吁叹

转角处的楼梯陷于

"被自我认定过的"时刻

门前的光线被影子折断

木头的纵面里有掌纹

我们在夜晚互为伤口

我是比夜晚更为孤独的渊薮

音乐停止，灯光亮起

一个人在房间里，松开握着的手

经过

她想有一支烟

当她想有一支烟

她的喉管收缩

仿佛有烟吸进去、吐出来

她想起他

仿佛被他抚摸了一遍

从头到脚

局外人

每个星期总有一天

每个月总有一次

让自己消失在生活的城市

直到他习惯她的离开

有一天，她回来

他没有起身迎接

孩子没有看她一眼

房间里洋溢着轻松、欢快的气氛

他们做饭、谈笑

她离家太久，他们已经习惯

房间

房间换了
变大（床宽敞）
计算机继续开着
玫瑰还在桌子上

但没有朝向街道的阳台
你的衣衫我无法晾晒
下午阳光中
你呀，不再转过头来
端详我的侧面

信

午睡后起床
空调房间里
裸着身子
戴上手表
打开计算机
——我多想在纸上写信给你

化妆

请为我化妆
请为我用漆盒里的朱砂
在唇上画樱桃
你可以吃
可以坐在上面
请让我伏在你膝盖藏在你的衣襟
不时探出头来
这是我们的小游戏

请为我化妆
取走我美丽的部分，忘记我的衰老
忘记我的力不能及

请为我化妆成妖
在你的纸上留下梅花脚印
我变不回前世了
请为我用漆盒里的朱砂画颗樱桃
你可以吃，可以挂在墙上
坚硬戳破时间

梦中人

困扰梦境的是晚餐时的咸肉

梦中来到树林

先前困苦的人停下自行车

他对着一棵树说："还是要为了爱。"

她想上前和他说话

他从一棵树中看到她

醒来后，梦中的人说的话是

J.M. 库切《青春》中的：

单调和样子怪是他为了有朝一日出现在光明之中

房间

蜘蛛挣破网

家具有平静的表面

而内在腐朽

有人手拿抹布

灰尘比镜子更能照见自己

窗外鹅卵石般的太阳带来幻觉

谁透过钟表凝视机械制造的迷宫

从一间房到另一间房

谁试图找到自己，将门开启又关上

房间

她走进你的房间
响起哗哗的水流声
她打开更衣间的门
手伸进你的红裙子
她扫了一眼锁着的抽屉
你提心吊胆
她是你的另一面
她弯腰，抻平床单
拔掉笔记本电脑电源，芯片褪去热
她走进你的房间
你被清理得干干净净

《阵雨》刘畅黑白画

咖啡馆

头顶的吊灯也是星系
找到内心的轨道，便会加速度

当你来到咖啡馆
有牛奶，有蜂蜜
而我，合上书
在读过的句子里寻找暗示的眼神

太平间

不同的人——

有的白发露在床单外面

有的黑发有的金色有的亚麻色

有的花白有的卷发

光头有两种另一种是婴儿和

剃了头发的

患病的人

那么关上抽屉熄灯安眠

梦神拖走她存放的旅行箱

戏　剧

一个人不是死于未出场的杀手
而是死于自己的幻觉

蛙　鸣

一

不知，声音是从池塘里发出来的
还是四周的树林
不知，寂静是否来自我
还是来自其他

二

耳朵告诉我：蛙鸣
眼睛告诉我：落叶
你告诉我：我爱
我告诉自己：别的东西

女艺术家

不和权势靠近
不用物质装扮仪表
不再为你流泪

承认失败的女人
雕刻自己的肖像

相聚欢

所谓相思苦——
一天没有他的声音
墓碑之间长满青草

所谓相聚欢——
他的书信是一把把镰刀
割掉荒草露出墓碑

故　乡（组诗）

胆怯

故乡
一帖解药
离开你
我是没家的孩子
没有
雪白的床单
安稳的睡眠

故乡
一碗阳春面
袅绕味蕾
没有你　我食无滋味
魂牵梦萦

故乡

给我理由

让我回来

小巷中关闭的门

苏北平原摇动的草

春风呼唤我的名字

我缘何胆怯，不敢答应

年·默片

雪下白茫茫一片

天空更黑

这不是心理错位

这是感觉的真实

老妇张开拳头

虚弱者提高声音

他们的面孔并不陌生

他们是我的父母兄弟

一把椅子停在空中

有时怀念默片黑白电影

说出来令人绝望

荒诞富有喜剧性

因不是真的
表演，惟妙惟肖

忆·年

细雨，夹雪，车轮沿潮湿地面
对联掉落颜色，录像带卡住声音
枣红门后、软兜长鱼、蟹黄汤包、酒
搭向肩头的手，梅花涨红脸
心中有小鞭炮噼啪作响
烟花该静一静

福到

在客厅玻璃门
卧室门、女儿房间的门
贴福字。
在看不见的有风经过
晃荡着皱纹的水面
贴福字

没有回家的人。小巷竖起耳朵

佛案上，供果刚刚离开枝头
时光倒流进旧门框

一只停在老屋将要飞走的鸟
没有一扇为它打开的窗

拈花寺

花坛里开着童年时的太阳花
心中喊声大师
女尼抬起头
当年玩耍的女孩，如今面孔陌生的妇人
无人识得旧时影

香火旋转翻飞像匹灰丝绸
爸妈的老屋留给哥哥
再回家时，没有居留之所
愿望捎至虚妄之地，没有了形状

家

跟随父亲从苏北过长江，再从南回到北
跟随丈夫前往安徽，领用另一个姓氏
跟随母亲学会爱另一个母亲，随迁徙的燕子飞进

群山淡蓝的屋檐。跟随白杨树在消失的足迹里提取道路

从恨里提取爱。跟随云朵挽起的溪流，泥土私藏的玫瑰

跟随泼辣的老妇，疼爱者的方言，柔软的鞭子，被沙尘暴

揉痛的眼帘

跟随清明时节的油菜花地点亮寺院柴门旁的油灯

跟随乡村舞台上的拉魂腔里漆黑的泪滴

跟随饭桌上的大碗"全家福"

熄灭起火的味蕾

跟随一个"家"的地方。如我心，东奔西

走，喘急不安

如长江之水，拍打两岸，孕育群星

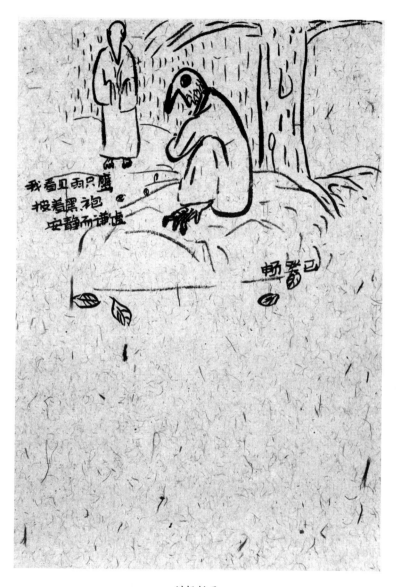

刘畅插画

左所大街

当我来到客厅　客厅已废弃
当我走进房间　卧床垂下布帘

当我镜头对准她
她关起心门

当我走进她阴暗的小屋
她指着照片对我讲述

当一缕光线涌进窗纱
时针指向告别的时候

当我心怀悲伤
她转过身来对我露出笑容

到荒野去

我就要离开工作间的座位到荒野去

带着相机如同贵妇牵她的小狗

警卫为我按动伸缩门

我就要离开洗衣机和砧板

到荒野去

卢梭、罗伯特·瓦尔泽走在前面

瓦尔泽像鸟一般向前滑动两三米直到

几天后被猎犬发现

我被一只手掐住咽喉

我就要离开雾霾的窗口到荒野去

一个人内心的独白超过她对自己的劝说

废弃的高尔夫球场杂草丛生的池塘边

卷着帽子卧在柳树底下的老头儿

他是瓦尔泽吗？

垂钓者回头看我一眼

如镜的水中无数张面孔

墙上的时钟刚刚离开一个钟点
你们且放心我将按时回来
圣诞节即将到来
我就要离开祝福的花枝到荒野去

春　天

整整一个冬天
他写信
他怕她忘记因他
无法忘记

他将星星装订成册
用来照耀
当雪花同一天飘落
冬天的薄指甲
指尖的痛和麻是内心的河流
流淌后的黄河故道

整整一个冬天
他写信
让她怀孕让她产下春天

经过夜色中的街道

一个人走，经过夜色中的街道

有着别样的心情

医院急诊室门前人影晃动

路中心的公园，水已干涸

经过消防队

守门人打瞌睡，火舌暗吐气焰

经过酒店

紫丝绒窗帘悬挂，水晶灯如同橡树

吃饭的人嚅动嘴唇

说话的人脸色难以琢磨

话语烙进地里、月中

再次经过

有的忘记，有的想起

相互厌倦的人相互抱怨，有时相互取暖

花　戒

一阵风吹过，花瓣如阵雨落下
有一粒粘在头发上
她摘下来，放在手心
小小的，对称的花萼
中间鼓起的坚硬的花蕊刺手
花之雨带来礼物
刺疼女孩的皮肤

读村上春树

她躺在沙发上
裸着的皮肤，丝绸的质感
发间流动着空气、碎语
猫趴在地毯上。相比于写诗
书中叫"免色"的白发男人制作的
烤蛋卷，吸引她注意
她想起身到厨房
拿出牛奶，打碎鸡蛋
此刻，从窗口吹进来
五月的风

消失的鱼刀

他寄来立夏的书签
他的笔画，水中的鱼钩
她吞下，他从水中拎起她
她的皮肤闪动着鳞片
躺下来后成为餐盘里的佳肴
她想死在他的手里

关于消失的鱼刀
他递过来词语的锋芒
她无从知道他把刀藏在哪里
她和他之间刀刃的切口
何时出现

画　室

朱砂干涸成餐盘中的红豆
折断的梅枝像旧桅杆
树荫里有小径

垃圾桶旁跳出只橘猫
酒红椅正对着客厅，奶油色沙发小巧
吊灯照着门厅角落里的拐杖

书籍隐没在光线后
画架上的画想要暗自生长

美　丽

椅子模仿脊背的线条
她趴在双人床上，像误入菜地的小蛇
他说话时抬起右手食指拭去画框的灰尘

白铁笼里两只凤尾
被关在笼中时神仙眷侣
放出去后各自飞走

黄桃落在手背
黄昏时楼下花园里的儿童游乐场
欢笑声此起彼伏

滋　味

二十年前来到南京
后来他们有了自己的房子

听音乐、看书、家务
闹别扭、拌嘴、和好

女儿长大
她偶尔画画
他说，她做的菜越来越有滋味

夜宿草庐

坐在身边白发的陶公的后代
和气的老人

草庐门檐下亮着灯
想起身关灯，怕惊扰身旁熟睡的人

早晨醒来，打开门扉，他指着草庐旁的一堆青砖：
昨晚睡在汉墓边

月光下的寺院

踩着一级一级石阶
踩着夜的肋骨
来到山坡上的寺院
大殿前的香炉里烛火在烧
圆桌上的素斋是豆腐的味道
晚餐后，和你并肩走在冬天的
樱花树下

寺院里的钟声
月中的宫殿
猫压着被角
几粒雪花扑进室内
你的目光看向我时洞悉我的全部

玻璃旅馆

花园里，两株植物，互为风景，互不交集
回头想起，这般景致，也是稀罕——

六年，梦也在生长
语言枯竭，躲到梦里去，相信梦境
相信透明的物质
相信梦境——无从知道你何以来到梦中
——关于现实的提示，还是悄悄给我回答
醒来只留落寞

相信此刻有你，卧室窗前，昨晚梦中
雨在窗口拉起斜线
树叶如同衣柜里堆积的围巾

如何抓住新的我，谁在梦中看见我
还是另一个我在并行的空间

我容身躲藏于何处

你发出的叹声来自赞美，我闭起眼
你的温柔里带着暴力，而我在
一间有走廊的玻璃房子
房间外，熟悉的人走来走去，各有心思
我独自坠入黑暗，无法从梦中醒来

星星灯挂于走廊，模仿远古的宁静
玻璃墙后，白纱窗帘
遮挡住模糊的生物的轮廓

身体里的海久已平息，顺从于你，不去抗争
被你带领，向着没有方向的方向、旋涡里的旋涡
浪花卷起残骸，而梦里还有梦
目光经过你起伏的后背，玻璃旅馆像旋转木马
屏息，屏息，在水中随波逐流

相信梦境，相信透明的物质，相信一连串的词语
黑色的水——容身的曼妙之所
胆小的人在梦里得到过馈赠

犹疑之诗

到了向青年致敬的时候
到了向夕阳顶礼的年岁

没见面的不再见面
没说出的话不再需要说出

沙漏翻转方向，喜乐变化
将怨恨过的人在心里重新爱一遍

有人念叨你你不自知
跨年夜，风雪走过街道
他在他人的言谈中
响起在你耳边的是旧时语

雨

一

下雨了　忧伤的人可以哭泣
哭泣是童年时就熟悉的事
每一场雨，没有新鲜的内容
所有的雨都是一场雨，所有的路都相连接
一场雨让我等得太久
当我说出一场雨，瀑布是排比句

二

经过墙面、叶片；消失在雨中
一滴雨，从倒立的伞柄，回到来时相反的方向
一滴雨，渗出墙壁，带着房间黑暗的胶质
一滴雨无法通过一滴雨辨认自己
它的经历赋予它叙述的能量

一滴雨试图说出它

奔跑时听到的碎裂的声音

花　园

记得那花园。鹅卵石路面凹凸不平
按住怦然跳动的喜悦，登上台阶
你听见自己的心跳
总有几片叶子落下，树干不动
——世事变迁中短暂的宁静
略高于尘世的空中，苦楝树枝摇摆
花园没有消失。我写诗，我建起宫殿

《花园》刘畅插画

书写者

你想要新一些不平常一些
已经说过的和做过的此刻都不想再要
可还得从头再来，一点点向下，不得分心
不得自作主张
让过去的推动着现在的向你一点点靠近
你得找准坐标亮出更远的抛物线
你得赤身相对，你得在下落时坚持住
你得学会让寂静的山谷对你开口说话
哦，现在，词语刚种植在身体里
还没有生长，没有可以开口说出的秘密

附　言

　　读她的诗时有种置换：这诗如果让我来写，我怎么写，我能不能写到这个程度。读后记录几个关键词：画面感、瞬间、透明度、穿透力、飞翔感、深度、细节、室内，等等。

　　外延：试图抓住生活中的瞬间引领，并于情景再现时体现另外的东西，向深层努力，这种努力的奏效之处是言外之意扩大诗的外延，语言的穿透性和弥漫性同时存在并不断加深，使诗的张力加大。她的诗看似只是写瞬间的事物，却在不经意中透露更多的信息，体现出接近无限和永恒的努力。刘畅除写诗还绘画、摄影，这种身份我很羡慕，几种身份互相穿插、染色、交织。让语言走出自我，扩大诗的边界，使诗歌更加宽泛和自由。

　　透明度：尤其一些短诗，干净、透明，又不是透明到无物，蕴藏的东西非常清澈，对自我，对语言的把握，突然地从具象中拔出来，可以说具有四两拨千斤的效果。

　　飞翔感：一首诗写得非常实，但里面在某一个地方不仅仅是在描述，不仅仅像绘画一样，最后一句非常出彩，出乎人们的意料。

　　深度：刘畅的诗是面向永恒的努力。

室内：她的诗大多数写室内。有一部分女诗人对自我的陷入，能看出身体史和精神史，在这一点，刘畅的诗不是这样。她走出了局限，更多地停留在室内，留在室内向外观望，室内虽然小，但是视野并不狭隘。

——大解

她具备这种潜质，跟许多人都不一样，她的艺术感觉及艺术准备都不是一闪而过的那种，它会爆发出来，以她自己的方式，这是文字背后让我看到的，尽显了她作为成熟女性有深度有洞悉力的风华一面。

——汤养宗

刘畅的诗是那种触景生情的、细节的、关于平常的诗。她的诗句轻淡如水，但一直是发生的，这才处处留下惊奇：传统的说法所谓点到为止。但她所致力的似乎又不仅如此，相反她知道艺术喜欢隐藏自身，为此她倾向于让人们读她的诗，只觉得生活流水账似的变得可以追溯很远——但又都在这里了。这就是刘畅的诗，它很轻便，可以携带，也可以戳穿，是一张纸，又是翅膀。她用它告诉人们诗与现实的平衡知识。我们可以说这是很生活化的诗，但它也足够稀罕。

——吕德安

她的诗歌萌发在瞬间，作者几近原始地书写自然，敏锐地抓住了生活中瞬间的闪电，来抒写复杂多样的生命体验，这是一位少见的勇于对自我进行审视的女性写作者。

——蓝野

没有家的孩子，为住在月亮上的女人歌唱，苏北平原的草，在刘畅的诗歌里摇动。

——徐贞敏（美）

刘畅的诗很美、很有趣，我特别喜欢，好像在叙述内心最偏僻的而难以说出的感情。

——拉嫡娜（墨西哥）